.zip

.zip

송기영 시집

민음의 시 198

민음사

自序

뼈가 빠지면서 그것은 사물이 된다.
비로소 계약이 성립된다.
형체를 잃어버림으로써
형체가 된다. 나의 뼈를 바르고
너라는 가죽을 덮는다.

발가락 몇 개를 숨기지 못했다.

2013년 가을
송기영

차례

2부 샤갈의 花요일 밤

3부 이곳에서 가장 흔한 일

작품 해설 / 김언

1부

물고기.zip

실험실에서 보낸 한 철

모든 현실은 꿈이다. 나는 불가능하기 때문에 이쪽에서 저쪽으로 나를 꾸어 낸다. 이봐 몇 푼만 뭐 줘. 너는 지갑을 열어, 몇 개의 나를 손바닥 위에 던져 준다. 간지러워, 손바닥에 금이 간다. 금이 몇 돈 모이면 장사라도 해야지. 손님 없는 밤엔 한 권씩 책을 먹고 바지에 나를 싼다. 창피하지 않아, 꿈이니까. 책 표지엔 늘 위태롭게 매달린 여자가 있다. 오늘은 사랑한다고 말해야지. 자, 그러니 어서 뛰어내려. 동틀 무렵, 나는 그녀를 거뜬히 받아 낸다. 그녀는 부러진 두 팔을 엮어 작은 아이들을 만들어 준다. 아이들은 내 심장을 오도독 씹어 먹고, 실핏줄을 엮어 그네를 탄다. 웃는 얼굴로 나는 말한다. 힘들지 않아, 꿈인걸. 오래오래 참다가 침 대신 혓바닥을 삼키기도 한다. 어차피 나는 불가능했던 어떤 것. 머리가 깨지고 아이들이 운다. 괜찮아, 괜찮아. 아프지 않아. 이번 주말엔 낮잠 대신 어디 공원이라도 가 보자. 부스스 잠에서 일어나 아이들의 손을 잡는다. 날개가 돋는다. 눈을 감고, 나는 돌아오지 못할 충동으로 날아가고 싶다.

눈부시다.

아침부터 놀이공원을 덮고 있던 수많은,

Player

— 512MB RAM×2

요리하는 기계랑 삽질하는 기계가 살았어요. 알고리즘이 그래요. 하나가 삽질해야 다른 하나가 요리할 수 있고 그렇게 요리해야 다른 하나가 메뉴대로 삽질할 수 있거든요. 요리하는 기계와 삽질하는 기계가 함께 보내는 시간은 모두 여섯 시간. 요리도 삽질도 없는 무료한 시간에 그들은 톱니를 닦고 조이고 기름 치죠. 서로의 톱니가 종종 어긋날 때도 있는데 그러면 낯설어 얼굴을 가리기도 하지만, 날이 밝으면 괜찮아질 거예요. 요리하는 기계는 자신의 메뉴대로 한 솥 아침을 볶아 낼 테고, 삽질하는 기계는 할부로 판 실입주 공간을 총총 빠져나갈 테죠. 졸음이 질펀한 오후, 삽질 기계는 정비 공장에 간 요리 기계에게서 전화 한 통을 받았어요. 권위 있는 정비사의 말이 요리 기계의 배에 새로운 톱니가 자라고 있다는군요. 자신이 판 세상으로 돌아가기 전에, 삽질 기계는 서점에 들렀어요. 새로 자라날 톱니에게 되먹일, 작은 그림 매뉴얼들이 필요했거든요. 요리하는 기계랑 삽질하는 기계가 살았어요. 알고리즘을 누가 짰는지 나는 잘 몰라요.

이름이 불리기 위한 마지노선

당신처럼 서툰 사람은 처음 봐

네가 한 말이다
귓불까지 빨개진다 너를 떠올리면
귓불은 촌스럽기도 하다

꽃을 산다
너를 부르기 위해
꽃집 아가씨가 웃는다
아무래도 우스워
꽃을 사고, 꽃집 아가씨도 산다
당신처럼 서툰 사람은 처음 봐
꽃집 아가씨의 말이다
귓불을 떼고 싶어진다
시들해지는 꽃 이파리

달리 부를 수 없어서
너를 판다
꽃병은 쓰레기통으로도 불린다

당신 입에 손을 넣으면 사막이 만져져
손 안 탄 영혼이 어디 있나요?
꽃집 아가씨가 드라이하게 웃는다
아무래도 우스워서
꽃집 아가씨를 팔고 꽃집을 산다
나비들이 앉았던 자리에서 녹물이 흐른다
꽃집은 꽃 무덤으로도 불린다
귓불이 훅 달아오른다

또 어떤 추억 속에 들어 있는,

마리아

빛이 자꾸 붓는 봄, 티끌 같은
죄가 성립하는 구간에 대해
너를 0에서 ∞까지 적분하시는
하나님 아버지 이름은 거룩한 결벽증인데
마리아, 9인승 감청색 배달차가
수녀원 정문 앞에
핏기 없는 널 내려놓았을 때
그늘 밑에 숨어 있던 건달의 수사(修辭)
마리아, 나와 함께 개종할래
마리아

커피 잔을 씻던 개수대 안에는
면도칼로 그어진 뜨듯한 성호
딸기향 지구가 좋으니
포도향 지구가 좋으니 마리아
나는, 짝짝 잘 씹히는 지구가 좋아
아멘

단물 빠진 지구가, 이제 막

태양을 한 바퀴 돌았다
하나님 눈에 잘 띄던 죄,
그녀＝0

코끼리 접기

─ 꽃의 비밀

내가 그의 이름을 불러 주기 전에는
그는 나보다 훨씬 컸지요

내가 그를 꽃이라 불렀을 때
그는 물구나무 선 채 물을 빨았죠 물론,
과자를 주면 코로 먹지요

자주 그의 이름을 불러 주었을 때
그는 나에게로 와서 진짜 꽃이 되었어요
이젠 전정가위가 필요할 것 같아요

내가 그의 이름을 불러 준 것처럼
당신이 생각한 빛깔과 향기로
나의 이름을 불러 주세요

그게 뭐든, 有名한 당신에게
나도 불리고 싶어요

우리들은 모두

용도 변경하고 싶은 걸요
너는 당신에게 나도 당신에게
그러니까 불릴 수만 있다면,
매머드*도 괜찮아요

* 시방 위험한 짐승.

뒷골목 라라

부평역 뒷골목에서
밤 10시부터 다음 날 아침 6시까지, 라라
혼자 자신을 게우고 있는 당신들에게서
대당 천 원을 받고 등을 쳐 드리지
라라, 열 대 정도면 당신들은 게울 만한 자기를
다 게우고, 계산을 치르고
타인이 되어 돌아갈 테지만
뒷골목에서 퍼엉, 퍼엉, 퍼엉 하고
가슴께 뭉쳤던 것들이
골목을 걸어 나가는 소릴 좀 들어 봐
그날은 눈이 왔고, 술을 마셨고
혼자 그 남자의 뒷골목에 들어왔던, 라라
랄라라 그날은 눈이 왔고, 새해를 기다렸고
쉰 대, 하루 일당분을 혼자 맞고도
자기를 게워 내지 못해서
라라의 무릎 위에서 퍼엉,
퍼엉 소리를 내며 기절한 남자
의 호주머니를 뒤지는
라라, 밤 10시부터

다음 날 아침 6시까지
혼자 게우고 있는
당신의 쓸쓸한 등을 쳐 드리지, 라라
랄라라

또 하나의 가족

거리를 시간으로 나누면
시큼떫떠름한 맛이 난다.
시간으로 나누면,

베란다 밖 개나리는 T사
새들은 L사, 새소리는 이동통신 K사의
협찬이다.

S사 아파트 지하 주차장에
S사 자동차를 주차하면서
휴대폰의 전원을 끈다, 아버지
S사 전자레인지에
밀렵한 코뿔소를 넣고 2분 돌린다.

아무도 내다보지 않는다.
어머니에게서 또 다른 어머니를 들켰는데,
용돈이 적었는지 아니면
사생활이 마음에 안 들었는지
서른 번째 딸이 일러바쳤다.

너희들 키가 7% 더 성장한 것은
모두 아버지 덕분이다. 누군가의
어머니가 타이른다. 정의로운 체제로서의
아버지, 잘 익은 무소 잔등에 올라
그물에 걸리지 않는 바람처럼

또 어떤 무엇이 아버지의 TFT에 낚여
아직 태어나지도 않은 막냇동생의
엄마가 되는지 아무도 모른다.

또 하나의 정부

거리를 시간으로 나누면, 뭐?
누가 집을 나가, 이 밤중에

꽃에게 바치는 꽃

노인이 쓰레기통에 버린 꽃 날름 어린 소녀의 손을 집어 삼킨 꽃 저녁마다 꽃받침까지 루즈가 번진 꽃 으슥한 지하도에 술 취한 남자가 베고 누운 꽃 저녁 식탁에 초대된 네마리 염소를 위한 꽃 질근질근 꽃을 갉아먹는 꽃 입을 앙다문 암 병동에 바쳐진 꽃 그래도 꼿꼿해야지 꽃 꾸역꾸역 꽃잎을 게우는 꽃 너를 낳아 준 여자가 네게 내민 꽃 제사상에는 없는 꽃 모두 그 꽃집에서 팔린 꽃 파견 나갔다 돌아오지 못한 꽃 가시도 뺏기고 향기도 날려 버린 꽃 그래도 꼿꼿해야지 꽃 바람 불 때 꽃이 되어 네 심장에 꽂힐 꽃 그래서 꽃

오즈마* 캐피탈

    그 별에는 수십억의 얼굴이 살아요. 모두 백 년 안팎으로 모인 얼굴인데, 살아요. 머리맡에는 흙으로 만든 태양이 쟁글쟁글 얼굴을 달구고요. 입들은 모두 빵 굽기에 알맞은 온도로 벌어져 있어요. 탐스런 구두끈을 당기면 중력이 조금씩 준다던가요. 흘린 땀이 당신을 지우는 일이 없어서, 산다던가요. 그래요, 왜 사지 못하겠어요. 그게 뭐든 동글납작 부푸는 시공을 지나, 한 번 만나요. 살 수만 있다면

    이 별에도 수십억의 얼굴들이 서로의 표정을 배우며 살아요. 해 아래 새로운 목숨을 빚은 건지 빚진 건지 몰라도, 살아요. 똑같은 얼굴을 서로 돌려 막으며 오늘도 해가 지네요. 당신을 만나기 위해, 경매로 낙찰받은 달에다가 나를 심었어요. 다만 그게 무엇의 얼굴인지는 천천히 생각해 보기로 해요.

---

* 미국 전파 천문학자인 프랭크 드레이크가 외계 생명체 탐사 계획에 붙인 이름. 드레이크 방정식의 상숫값 L은 지적 문명체가 자신의 별을 한 방에 날리지 않고 존속시킬 수 있는 기간을 의미한다.

토마토 하나의 이유

엄마는 기어코 토마토 하나하나에 이름을 붙여 불렀습니다.

못마땅했지만 엄마와 장에 나가,

재정, 은수, 홍구, 계영, 소연, 기수, 춘희, 현구, 은이, 영식이를 팔았습니다. 덤으로 만수와 경아를 넣어 주자, 만수가 싱싱하지 않다며 엄마가 아끼는 정이를 집어 들었습니다. 아무리 말해도 막무가내여서, 만수에다 천수까지 얹어 주고 삼천 원을 받았습니다. 잔돈을 거슬러 주다가, 아주머니 이 사이에 낀 정이를 보고 화가 났습니다. 반 토막 난 정이를 찾으려고 실랑이를 벌이는 동안, 비닐봉지가 터지며 홍구, 계영, 은이가 흙바닥을 떼구루루 굴렀습니다. 홍구, 계영, 은이를 안고 얼굴을 씻기던 엄마가 마침내 싸움을 말렸습니다. 왜들 싸우구 그래?

그깟 토마토 하나 가지구.

발치

그이와 만난 건 아주 오래전이었어요. 남들은 운명이라 그러더군요. 기쁠 때나 슬플 때에도 그이는 나를 위해 일했지요. 가끔은 단단하게 박힌 못을 뽑거나 소주병을 따 주기도 했고요. 또 옆집의 그녀들을 씹을 때면 기꺼이 힘을 빌려 주기도 했어요. 그이는 참, 얼마나 사랑스러운지. 그이는 강했어요. 그래서 그이와 그렇게 끝날 줄 생각지도 못했죠. 함께 산 지 고작 삼십 년밖에 안 되었는데. 그이는 너무 닳아 납작, 엉그름졌죠. 의사는 그이의 사랑이 다 됐다고 내게 이야기했어요. 그래도 머리가 파뿌리가 될 때까진 아직 남은 이가 있으니 괜찮겠죠. 생각보다 이별은 쿨해서 좋았어요. 그이에게서 어렵지 않게 쏙 빠져나왔으니까. 혼자 남은 그이, 먼발치에서라도 한 번 볼 걸 그랬나요. 걸음을 옮길 때마다, 그이와 마주했던 곳에 자꾸 피가 배네요.

잠수대사전 머리말

물속에서 오랜 시간 활동하기 위해서는 꿈이 계속적으로 공급되어야 한다. 그 꿈을 빠르게 흡수하기 위해 고안된 것으로, 잠수자 자신이 꿈의 언어를 휴대하는 자급식 사전과 물 밖의 고무호스를 통해서 말의 질료를 공급받는 송기식 사전이 있다. 자급식은 다루기가 쉽다. 송기식을 이용하기 위해서는 여러 가지 까다로운 조건이 따른다. 水上에서 자신을 아끼지 않는 사람이 독하게 취할 시간의 말들을 불어넣어 줘야 하며, 심지어 꿈을 짚을 때 사용할 자신의 여섯 번째 손가락도 꺾어 줘야 한다. 송기식에서 자급식으로의 전환은 사랑이라고 믿었던, 여섯 번째 손가락이 부러지면서 발생한다. 이런 과정에서 물 밖의 그 사람은 애초에 없던, 존재하지 않던 말들의 사전이 된다.

어떤 장비를 사용한다고 해도, 잠수 시간과 깊이가 제한되는 것은 어쩔 수 없다. 물속으로 1미터 들어갈 때마다 입방미터당 몽압은 여섯 번째 손가락이 만든 상처만큼 더해진다. 아무도 꺾어 준 적 없지만, 누구의 것이었는지도 모를. 지금은 없는 손가락이 짚은 말의 심연. 잠수자는 그 깊이와 동일한 몽압으로 천천히, 살해된 말을 먹고 싸늘히

굳어 가기 시작한다. 해저에서 그가 다시 숨을 반짝 몰아
쉬며 떠오를 수 있을까. 한 번 눈 감았다 뜰 동안 지구가
몇 바퀴 범람했는지. 저 홀로,

　눈부신 별들은 모른다.

철 추파춥스

영원한 달콤함은 없다. 우리 동네 제철소에서는 방학을 맞아 철 추파춥스를 할인 판매한다. 달콤이 달콤인 것은 아달달한 맛과 기분이 한순간 녹아 사라진다는 특성 때문이다. 순철 제품은 그 맛을 정련했다. 혓바닥이 1538도씨 이상 되지 않는 한, 당신의 사탕은 쉽게 사라지지 않는다. 혀로 굴려 보라. 왕사탕 천 개분의 중량 덕에 입안 가득한 포만감도 느낄 수 있다.

본 제품은 철 함량을 99.9%로 높임으로써 임산부와 골다공증 환자, 수험생들에게 그만이다. 뼈에는 좋지만 급한 마음에 씹어 먹으면 뼈가 나갈 수 있으므로 주의해야 한다. 사탕을 다 먹으면 풍선껌도 씹을 수 있다. 벌써부터 녹여 먹는 것들에 볼이 부푸는 당신. 사탕을 다 녹여 먹은 후에 당신의 사랑도 후, 후 불어 보자. 끈적거리지 않는 달콤함, 철 추파춥스

혹 달콤함에 서투르다면, 아침저녁으로 한두 개씩 지옥-철을 권한다. 장마-철은 녹슬기 쉬우니 개봉 후 바로 입에 넣어야 한다. 삼켰을 경우엔 고물상 주인과 상담하거나 가까운

제철소로 문의 바란다. 대기 안에 있는 모든 것들은 결국

'아달달' 녹아 사라질 것이다. 그러니까 저마다 한 철, 막
대에 꽂힌——
얼굴들은 모두

거위의 꿈

—— Pâté de Foie Gras

그의 왼팔은 러시앤대시의 것이다. 오른팔은 레드코프, 다리 하나는 논스탑크레디트의 것이며 다른 하나는 무허가 캐피탈에 등록되었다. 그의 사지는 매해 39% 이상씩 자란다. 목은 어디에 걸어 뒀는지 모른다. 때때로 한 팔과 한 다리는 50% 그리고 목은 60%의 참! 놀라운 생장이라 해야 할지 증식이라 해야 할지. 성장하는 동시에 기울고, 돌려주는 동시에 되돌려 받으며, 떼는 동시에 붙잡히는 참, 놀라운! 숙명이라 해야 할지 함정이라 해야 할지. 함정이라면 못나 빠진 건지, 잘나 빠진 건지. 먹이고 재우고 사랑하는 일로만 뭐 빠진다는데, 날로 날로 그와 그의 친구들은 Poor Gras*

* 그라(Gras): '살찐'을 뜻하는 불어.

폐수종*

　수초 속에 숨은 노란 고양이를 만날 수 있으면 좋겠어. 고양이 털 때문에 겨울에도 춥지는 않을 거야. 갸르르. 이따금씩 녀석의 울음소리가 물을 데워 놓을 테지. 작업복을 벗고 바위틈에 누워 보글보글 휘파람을 불어야지. 고양이가 물어 온 물고기를 새장 속에 넣어 둘 테야. 걱정 마, 여기선 태엽을 감지 않아도 돼. 구두끈을 풀어 주머니에 넣어 두라구. 길이 모두 끝난 곳에서 우리는 흘러(氵) 가는(去), 법을 배우지. 물 밑엔 위풍당당 어족(語族)들을 가르쳐 줄 나무가 있고. 물로 활활 타오르는 나무 밑동엔, 고양이가 묻어 놓은 구름의 흰 뼈가 있지. 뼛조각을 가지고 놀다 손을 베고 설사 내 안에 구름이 치밀어 오른다 할지라도

　이젠 울어도 돼, 이곳은
　물 샐 틈 없으니까.

* 폐가 울혈되고 폐포 속에 액체가 고인 상태.

1인 3역

나는 다리만 긴 난쟁이
그렇다고 말을 훔치랴
저녁까지 사과를 팔고
팔다 남은 사과는 독에 절이지
피멍 든 사과를 집어 든
나의 영혼은 백설

마녀는 말하지,
자, 독사과나 한 입 물고 잠이나 자
백설의 영혼으로는 거절할 수 없지
아침이면 황금색 변을 보면서
과수원 시세를 확인해야 할까 봐

눈을 뜨면 긴 다리를 끌고
무대 구석구석 사과 영업을 다니지
마녀의 침대로 기어들기 전까지

종종 시곗바늘에 걸려 목이 잠기면
거울에 걸린 벽을 바라보며 묻곤 해

벽아, 벽아
이 집안의 문고리를 어디에 감췄니?
마녀에게 보고하기 전에
백설과 입을 맞춰야 하는데

말 없는 왕자는, 늘
무대에서 거절당하지

예술가 늘보 씨의 일일

누가 보든 말든
느리게 먹고, 옮겨 다니고
되도록 생각 없이
실천에 옮겨야 합니다.
돌고래의 점핑용 지느러미나
호랑이가 두른 고가의 가죽 포대는 없지만
그래도 얼마나 다행이랍니까. 원장님께서
종의 다양성을 위해 힘쓰신 덕에
이런 일자리나마 있으니까요.
인간 되기 어디 쉽나요.
길고 지루한 수습 기간이 끝나면
곰네도 가족을 이끌고
동물원 구경을 오겠죠. 그때
당신 역할을 대신하는 누군가에게
몰래, 손 흔들어 주시든지요.

폐장에 맞춰
나무에서 내려가고 싶습니다만
맞은편 방울뱀 체험장에서

아내가 혀를 날름거리고 있군요. 그녀의
가늘게 뜬 눈이 유독 맘에 걸립니다만

그래도 손님이 많아 다행이라죠.
개장 시간부터
나무에

옥션에서 사는 법

네 건강은, 아침마다 새하얀 트레이닝복을 입고 운동을 나가는 옆집 여자와 비교할 수 있다. 너의 결혼 생활은 네 엄마와 이혼하지 않은 검은 토파즈의 아버지와 비교할 수 있다. 작년 실적은 중국에서 수입한 검은색 고춧가루와, 또 네 습관은 전봇대만 보면 그냥 지나치지 못하는 말티즈와 비교 가능하다. 가벼운 우울은 항아리에 오랫동안 담겨 자기를 삭히고 있는 된장과 공통점이 있지만, 이런 네가 이런 된장에 밥을 비빌 때만큼은 무엇과도 비교할 수 없을 만큼 권태롭다. 무료함은 오래가지 않는다. 수저를 내려놓으면 너는 다시 불안하니까. 어쩌면 이런 불안은 전봇대에서 언제 떨어질지 모르는 전단지들과 비교할 수 있고, 가벼운 우울 역시 전봇대를 뽑을 힘이 없다는 데에 있는지도 모른다. 하지만 좋은 비교는 수면제를 먹고 다음 날 저녁까지 푹 잠이 든 불면증 환자와 비교할 수 있어 좋다. 당일 배송, 한 통에 삼만 팔천 원. 어쩌면 네 건강은, 새벽 운동을 나갔다가 집으로 영영 돌아오지 못한 여자와 비교할 수 있다. 너의 결혼 생활은 네 엄마가 재혼한 붉은 셔츠의 아버지와 비교할 수 있고, 네 습관은 전봇대에서 담벼락으로 옮겨 붙은 지 오래다. 현상 수배된 자기를 지르기엔, 네 작년

벌이로도 충분하다. 비유가 뭔지는 잘 모르지만, 다들 비교
는 하고 산다. 적어도 비교해서

물고기.zip

몸에 지퍼를 달고
틈틈이 초를 먹였어요
부드럽게 열려야 하니까

어느 무더운 여름밤,
그가 데려온 사람,
천천히 손가락을 들어 나를 가리켰죠
유리창을 짚고 천천히 일어나
지퍼를 조금 내렸어요
약간의 침묵, 누군가
침묵에 뿌릴 소금을 가지고 돌아왔죠
베여도 피는 나지 않고
도려내도 아주 끊어지지 않아서
질겅질겅

몸에 지퍼를 달고
틈틈이 초를
먹였어요 어쨌든
부드럽게 넘어가고 싶으니까

2부

샤갈의 花요일 밤

이지상 베이커리

　이지상 베이커리에서 십 년째 빵을 굽고 있는 이 씨는
강력분 내부의 기억은 비추어진 빛 알갱이의 에너지를 덩
어리째 흡수한다고 설명한다 이때 고독했던 밀가루가 현실
을 박차고 나갈 만큼 충분한 열을 얻으면 비로소 빵으로
방출되고 남은 에너지는 튀김용 빵가루나 목탄 지우개로
변하는 것이다 십 년째 오직 한 종류, 죽은 딸아이의 추억
만을 반죽해 온 그의 아내 김정애 씨는 인간 전두엽이 빛
알갱이를 흡수한 대가로 매일매일 한 줌씩 머리카락을 지
불해야 한다고 믿었다 기억의 입자, 즉 빛은 심장의 떨림과
도 비례한다고 하는데 마침 강력분이 목에 걸린 김 여사는
일찍 발효해 버린 딸의 사진을 바게트 빵으로 문지르다가

　뜨겁게 달아오른 이 씨의 오븐 속으로
　훌쩍 뛰어 들어가 버렸다

두 개의 부끄러움

나는 내가 부끄러워.
그녀가 대답했다. 그래,
나도 네가 부끄러워. 우리는
한강 다리 위에 나란히 섰다.
부끄러운 나를
부끄러워하는 그녀가 밀었다.
부끄러운 내가
어두운 강물로 추락하는 동안 그녀는
다리를 건너 도시로 혼자 돌아갔다.
부끄러움을 고백할 누군가를
찾기 위해 그리고 마침내 그녀는
또박또박 눌러 말했다.

나는 내가 부끄러워.
그가 대답했다. 그래,
나도 네가 부끄러워, 우리는

그거

자동차 안에선 해 봤지, 극장에선 못해 봤어
도서관에선 해 봤지, 1호선을 타고는 못해 봤어
냉장고 뒤에선 해 봤지, 냉동고 속에선 못해 봤어
등산길에 해 봤지, 출근길엔 못해 봤어
눈을 감고는 해 봤지, 색안경을 쓰고는 못해 봤어
술을 먹곤 해 봤지, 밥을 먹고는 못해 봤어
배를 타곤 해 봤지, 물속에선 못해 봤어
지하실에선 해 봤지, 옥상 문은 잠겨 있었으니까
하나, 둘 양을 헤아리며 사람들이 램 수면에 빠진
새벽. 창문을 열어 놓고 해 봤지, 방문을 열어 놓고는
못해 봤어. 나는 너의 과잉, 너는 나의 잉여
가로수 그늘 아래에선 해 봤지, 나무 위에선 못해 봤어
당신 없을 땐 해 봤지, 당신 있을 땐 못해 봤어
손모가지론 해 봤지, 손으론 못해 봤어
그러니까, 당신이
그게 뭐야? 묻고 있는
그거

꽃가루 알레르기

네 혀가 너무 시큼해서
내 말이 전부 탄로 날 것 같았지
입맛을 잃은 소년들은 자신이
탈 수 있는 모든 냉가슴을 태우고
염증이 되곤 해. 눈멀어
뵈는 게 없을 때, 소녀들에게
옮겨 붙는 유성들 좀 봐, 타다닥
소년들은 꽃가루를 짊어졌지
입맛 잃은 소녀들은
담을 수 없는 모든 욕을 뱉고는
순결해지곤 해. 소년들이
우물쭈물 사내들로 지워질 때
지워진 사내는 자신의 망막 뒤에 숨어
항체나 키우며 충혈될 줄도 알지만

허공에 날리는 건, 네 향기로운
혓바닥, 스쳐도 인연인 우리가
아주 천천히 저주스러워질 때를
이해해. 네 혀는 알 수 없는

신음을 앓고 있었고, 그날처럼
환하게 흩어지는 네 표정이
내 망막을 아프게 훑었지, 5월
네 혀가 너무 시큼해서 전부
탄로 날 것 같았어 흉곽에 갇힌
그을음투성이의 소년을

해를 구하다

분식집에 앉은 P. 근의 공식을 사용하여 비 내리는 오후의 방정식을 껌 종이 뒷면에다 풀었다. 구한 근 중 어머니는 허근이었기 때문에, 아버지가 구한 새엄마를 받아들이기로 했다. 라면이 나오자, P는 단물 빠진 껌을 탁자 밑에 붙였다. 졸업하고 나면, 풀지 못할 방정식도 더 이상 없을 테지.

결혼한 지 17년이 되던 해. 아이만 남겨 놓고, P의 미지수는 포물선을 그리며 수평선을 건너갔다. 밤마다 P는 그렇고 그런 미지수를 데려왔고, 아침마다 침대에 엎드려 원의 방정식을 풀었다. 2사분면에 커다란 원을 그려 넣고 싶어. P가 배시시 웃었다. 배 나온 미지수가 돌아가고, 씹던 껌이 욕조에 붙어 있었는데

P의 큰아이가 그 껌을 떼어 갔다.

빵 생각

크림 빵과 보름달 빵이 있었어요 아버지가 계셨었는지 기억은 잘 나지 않고요 캄캄한 단칸방에서 母子는 눈만 껌뻑이며 누워 있었더래요 종종 아이는 크림 빵 심부름을 다녀왔는데, 얼굴을 맞댄 빵을 떼어 내면 기우뚱 쏠린 생크림을 볼 수 있었죠 아이는 늘 크림 많은 쪽을 먹었어요 너는 커서 뭐가 될래? 아버지는 빵을 잡으러 가셨고요 어머니는 빵을 기다리셨어요 오늘은 빵이 떴어요 달, 달, 달 무슨 달 장판 밑에 깔린, 시멘트 봉지엔 빵을 백 개나 살 수 있는 아버지

몸에서 보름 냄새가 나요 어머니는 뱃속에서 빵을 부풀리고 계셨고요 아이는 늘 크림이나 더 먹었으면 했지만

크림과 보름달이 있었는데 아이는 빵을 잡으러 갔고요 아이의 아이가 오늘은 빵 심부름을 가네요 길고 지루한 낮 동안 아버지는 어디에 숨어 있었던 걸까요 무슨 달, 무슨 요일이었는지 모르지만 꽃무늬 비닐 장판 밑에는 누런 빵 봉지가 있고요 그 안에는 수백 개의 달들 아버지의 보름달 명세서가 차곡차곡 쌓여 있었지요

Fall

하염없이 떨어지고 있었어
담뱃불만 꺼트리지 않으면 서로
알아볼 거라 믿었지 어떻게든 될 거야
손에 손잡고 누워
우리는 앞으로 올 미래를 말아 피웠어
빨고, 들이키고, 삼키다 지쳐
헐거워진 성장판을 꺼내 바람에 흘려보냈지
더 이상 떠밀려 갈 데는 없지만
낯짝만 붉히지 않으면
어디로든 굴러들 수는 있을 테니까
네가 남긴 허물들
내가 잠시 말아 두어도 될까?
안고, 들이키고, 삼키다 지쳐
이번 생은 가볍게 지나치고 말았지만
담뱃불만 꺼트리지 않으면 너를
기억할 수 있을 거라 믿었지
이제 막 불 붙이는 법을 배웠어
입술을 동그랗게 말아 볼래?

샤갈의 花요일 밤

花요일 밤에 오세요. 맨발로, 펑펑. 화장이 번진 스텝도 괜찮아요. 하나, 둘 지붕을 걷고 턴테이블에 전원을 넣으면, 아주 오래된 왈츠에 맞춰 지구가 돌아요. 둥글둥글 왼쪽으로 도는 접시들. 죽은 엄마와 떠난 애인이, 실족사한 새들과 목 부러진 꽃들이 서로의 발을 밟으며 돌아요. 펑펑 오세요. 눈을 감으면 왼쪽으로 둥글둥글 감전되는 花요일 밤. 오세요, 왈츠를 추며 얼굴을 묻으러. 꽃삽은 필요 없고요. 전등 위에 손을, 손 위에 검은 구름을 깍지 끼고 함께 돌아요. 사뿐사뿐, 목을 매도 모른 척 해 줄게요. 당신 걷던 자리마다 b플랫 단조. 하나, 둘 베란다 창문을 열고 턴테이블에 전원을 넣으면

왈츠에 맞춰 우리 살던 얼굴들이 허공을 돌아요.
맨발로, 펑
그르르

찰흙 놀이

흙으로 만든 동생이
흙으로 동생을 만들고
만들어진 흙의 동생이
얘들아, 동생 좀 그만 만들어
금 간 아버지 얼굴에 침을 바르면
눈과 코와 입이 자꾸 지워지네
땡볕에 나간 동생의 깨진 얼굴은
누가 응달에 눕혀 놓았을까
흙에서 건진 동생이
흙장난하다 엄마를 먹고
목이 메어 어석버석
흙침을 흘리는 저녁
흙기침을 하다 잠든 아버지
얼굴에서도 자꾸 흙가루가
어려지는 것 같아 내일은
동생에게 새 옷을 입히고
흙나들이 가야지
엄마의 봉긋한 흙가슴 근처엔
예쁜 꽃 피었을까 문득

잠 깨어 바라본 아버지
새벽 눈은 맑은 가란침못

탁자

탁자에 앉아 세 끼를 먹었지. 배가 차면
탁자에 앉아 품을 팔았어. 밥값은 충분히 벌 수
있었으니까. 밤마다 탁자에서 한 잔씩들 했지. 정확히
말하면
탁자와 마신 거지. 탁자를 두드리면, 피가 도는 소리가
들려.
리듬으로밖에는 전해 들을 수 없는, 탁자와 부딪힐 때마다
표정을 바꾸며 떠오르는 세계. 탁자에
방이 하나 들어 있었지.

탁자에 앉아 세 끼를 먹었어. 배가 차면
탁자에 누워 잠을 잤지. 중력의 힘으로 몸의 일부가
탁자로 파고들었어. 탁자의 귀퉁이는 네 개.
그것을 떠받치는 힘을 빌려 나는 꿈을 꾸기도 했지.
모든 다리는 다리가 다리를 떠받치는 다리인 거지?
그러니까 내게 탁자가 하나 있었지.
스스로 탁자인 줄 알고 있는, 그 어떤
탁자보다 더한 탁자가

나비

비석 속에서 부풀어 오르던 봄볕 한 줄이 넘쳐 네 식도를 틀어막는다. 슬금슬금 기어 나온 입술이 네 자신을 말아 삼키면, 겨우내 보이지 않았던 대기의 심장과 허파들이 모락모락 뒤집어져 나온다. 몸 밖에선 그저 피 주머니거나 공기 주머니인 것들. 풍습은 주머니에 손을 넣고 맹세하는 것을 허락할지 모르지. 네 말랑한 공기 주머니 속을 비집고 들어가는 것도 괜찮겠어. 그러니까 당신은, 하얀 치아로 뒤덮인 머리가 풍치나 충치가 될 때까지 사랑하시겠는가. 몸이 뒤집어지면서, 점자로 된 거리를 더듬어 가는 아지랑이. 흐물흐물 발기한 혈관들. 담장마다 기다란 얼굴을 돋을새기고, 기억의 주름을 한없이 되씹으며. 심장과 허파 주머니에 하얀 손을 꽂은 네가 팔랑팔랑, 허파가 뒤집어지도록 따스한 광선 속으로, 어쭈 점, 점,

커져 가는 동공 속으로

멜로, D

목을 꼭 잡고 계세요. 한 손에
잡힐 거예요. 목울대에서 진동이 느껴지죠
왼손을 옮겨 3번 경추를 검지로 점잖게 누르시고요
1번은 당신을 심은 세상
2번은 당신이 심겨진 악보 아무도 잡을 수 없어
천천히 서로 물들 것 같은데
중지로 5번 경추를,
약지와 새끼로 6번, 7번 잡으시구요
오른손으로 갈빗대를 한번 쓸어내려 보세요
키득 쓸어내리고 키득 튕겨 올리면
어둠 속에선 표정들이 탕
탕 부풀어 터지는데
터지면서, 자꾸 당신은 개다리를 흔들고
나는 실실 웃어서 붓는 몸인데요
왼손은 뒷목에,
오른손은 왼쪽 갈빗대가 으스러지도록

한번 감으면

다신 뜰 수 없는 눈으로 더듬
다듬, 팔짱을 끼고

올리브 동산의 꽃뱀*

꽃뱀은 혀만 있다. 몸이 혀다. 낼름, 기어가는 혀. 그래서 말이다. 뱀은 자기 몸은 알아도, 자신의 혀에 대해서는 잘 알지 못한다. 꽃뱀이 자신의 혀를 보일 때는 누군가에게 관심을 보일 때다. 그 혀끝이 닿을 때 당신은 당신을 발견한다. 꽃뱀은 다짜고짜 당신을 위한, 당신의 이야기를 들려줄거다. 오래전부터 아주 잘 핥고 있었다는 듯이.

뱀은 방심하기 쉬운 곳을 물었다. 뒤꿈치가 아니라 캄캄한 귓속이었다. 뱀은 한 귀로 들어왔다가 한 귀로 나가곤 했다. 귀는 어떻게 닫을 수 있을까? 들락날락 소리 뭉치. 그 간지러움을 참기 힘들어 고흐는 토마토 나이프로 한쪽 귀를 잘랐다. 갇힌 뱀

한 마리 머리 옹기 안에 똬리를 틀고 있다. 사랑하는 사람의 눈을 들여다보라. 찔레꽃 샘터를 돌다가 가만히 두 쪽으로 갈라지는 혓바닥. 널어놓아도 마르지 않고, 짜내도 텅비지 않는, 꿈틀

흰 뺨을 타고 꽃뱀 간다.

<hr />

* 1889년 고갱이 그린 그림. 그림을 보고 나서 고흐는 이렇게 말한 적이
  있다. "나는 성당을 그리느니 차라리 눈을 그리겠다. 성당에는 아무것도
  없지만 인간의 눈에는 그것이 깃들어 있기 때문이다."

연인

활주로를 끝까지 달리는 것은
미련한 짓이다. 그러니까,
그게? 그러니까 끝에 다다르기 전에
그들은 살짝 몸을 비튼다. 아주 간곡히
스스로를 탕진하기 바로 전

활주로보다 조금 긴
네 웃음,

날개

이미지

암시가 필요해. 아니, 암시는 이미 충분해, 그냥

암실이 낫겠어. 암실이 나? 아무래도 새로 뽑아야 할 것 같아.

새로운 암시가 필요해? 아니, 암실이면 돼.

어제 사막엔 왜 갔는데?

이 세계를 내게 주겠다는 사람이 있어서. 그래서?

모래 알갱이를 하나 받았어.

그럼, 암실이 필요해?

아니, 암실은 이미 충분해 그냥

암시가 낫겠어.

모차르트와 고래

가죽으로 만든 피아노가 무대에 있다

이빨이 들어간 자리마다 신음이 당긴다
입술을 꽉 문 정사가 스타카토로 끝나고
끊어진 현이 먹구름으로 몰려 있다
검은 연미복 안에는 숨은 입이 열 개
그녀는 악보를 찢어 입에 묻은 소금을 닦는다

무대에는 가죽으로 만든 피아노가 있고
다카浦를 떠난 그녀는
두 번 다시 그를 맛보러 오지 않는다

오래전에 지워진 포구 이제
그녀의 너울을 받아 낼 힘줄은 없다
수백만 번,
이빨이 박혔던 자리마다 삐그덕
삐그덕 밀려오는

비 내리는 바닷가
검은 고래 한 소절

花鬪 이야기

아버지는 꽃을 따셨어요
꽃밭은 자꾸 부피가 줄고
엄마는 뒤를 돌아봤지만
세월은 비풍초 똥팔삼
엄마의 지문을 뗀 수제비를 먹으며
아버지는 꽃을 따셨어요

여름 가고, 가을, 겨울 엄마의
패는 무엇이었을까요

어느 날 엄마가 아무도
기억할 수 없게 되었을 때
아버지는 무덤덤
피박 쓴 걸 알았지만
파투 난 꽃잎들은 비풍초
똥팔삼
더 이상 떼일 것도 없어
비 내리는 저녁
개나리 담벼락 밑에 아버지

우산을 쓴 채 엉엉
아주 혼자 엉엉
우셨더랬는데 말이에요

사랑을 위해

아가미 없는 물고기들이 사방으로 퍼지는 밤이죠
가습기에 포도주를 담갔어요, 당신
이사 가는 날 틀어 드릴게
펄떡거리는 얼굴을 만져 본 지도 오래
습기가 끓어오르면 얼굴도 만조가 돼요
나는 당신에게만 있어요 몸을 꾸는 동안
꿈을 구부리고 천천히 혀를 깨물어요
그것은 너무나 평범한 의식
신경 써야 할 평판은 우리 혀뿌리에 고여 있죠
방 안에 퍼진 습기를 알알이 들이마시고 나면
손가락 끝엔 반짝거리는 비늘 몇 개만 걸려요
들이마시고 내쉬는 모든 당신이 그러하듯 혹
아직 인연이 남아 무엇이라도 다시 담가야 할까요

가습기에 침을 조금 뱉었어요, 찍
소리 없이 가는 당신을 위해

엄마 찾아, 또 다음 장

유년은 한때, 엄마였던 세계는 끝났다 (우리는 엄마가 낳은 무수히 많은 마르코*들. 서울역 대합실에는 언제나 마르코가 차고 넘친다. 1막 1장, 마르코가 또 하나의 마르코에게 손을 흔든다. 헤어지자, 우리는 각기 다른 엄마를 찾고 있었던 거야. 마르코가 떠나고 또 다른 마르코가 2장에서 내린다. 무대는 둥글어서 마르코도 돌고, 엄마도 돈다. 돌고 돌다 3장. 엄마를 잊어버린 마르코가 있고, 선술집에서 싸움이나 일삼는 마르코도 있다. 그런데 마르코, 네 엄마도 너를 낳고 미역국을 드셨겠지? 하지만 우리는 엄마가 낳을 수밖에 없었던 얼굴들. 장이 바뀔 때마다 더러는 엄마가 된 마르코들이다. 다음 장이 열리면, 이 세상의 모든 엄마는 마르코를 버릴 엄마거나, 마르코의 엄마가 되려고 다짐한 마르코였음이 밝혀질 테지. 그런데 엄마가 정말 있기나 했던 것일까, 마르코? 분장실에서 엄마를 보고도 모른 척 지나가 버린, 마르코의 아빠이자 남편인 마르코가 속삭였다) 나직이.

* 「엄마 찾아 삼만 리」의 주인공.

사람

그는 그저 사람입니다.
── 궁색하다.
그는 자신을 적어 넣기 위해
칼을 사용합니다.
── 도구적이다.
그는 자기 자신만 빼고 모든 이들을
구원할 수 있습니다.
── 윤리적이다.
구원받은 자들은 모두 그의 뱃속에
담겨 있습니다.
── 인간적이다.
그는 그저 사람이지만
사람에 집착하지는 않습니다.
── 요염하다.
그는 결코 변심하지 않습니다.
변태할 뿐입니다.
── 우아하다.
그는 사람에게 접근합니다.
── 사회적이다.

언제나 당신의 등 뒤에서.

── 경제적이다.

당신은 그의 손을 잡고 있습니다.

그는 그저 사람입니다.

3부

이곳에서 가장 흔한 일

12월 19일생

퇴근 시간, 남자는 일터를 향해 뒷걸음치고 있다. 일터에 도착한 남자는 몇 시간 전, 바로 그 저녁을 먹기 위해 선불로 백반을 주문한다. 쟁반엔 빈 그릇들이 수북하다. 입을 벌리고 밥과 찌개 한 숟가락씩을 퍼내 그릇에 담는다. 우물우물 가시를 발라 생선의 뼈대를 만들고, 위장 속에서 한 점씩 살을 꺼내 잘 익은 고등어 한 토막을 완성한다. 슬슬 배가 고프지 않습니까? 누군가의 말이 끝나자, 남자는 삽을 들고 나가 구덩이에 흙을 퍼 넣는다. 해가 동쪽으로 기운다. 새 아침에 남자는 갓난아이를 안고 산부인과로 간다. 담당 의사는 조심스럽게 아이를 넘겨받아 여자의 몸에 집어넣는다. 산통이 시작되고, 시도 때도 없이 새벽종이 울린다. 얼마나 울었는지

결혼반지 한 쌍을 금은방 주인에게 되돌려 주고, 아버지는 현금을 받아 챙긴다. 남자는 엄마의 뱃속에서 얼핏 아버지의 목소리를 들었다. 둘만 낳아 잘 기릅시다. 가게 주인이 TV를 끄니, 땅굴이 발견되었다는 특보가 흐른다. 아버지의 지갑 속에 흑백으로 웃고 있던 할머니가 손을 뻗어,

쉿!

C

C는 어깨에 심장이 달린 백 명과 이상적인 세계를 꿈꿨다. 넘버 투로 불리는 그 백 명은, 밑 빠진 세상을 그저 술로 때웠다. 그들은 혁명을 통해 C를 꿈꿨으나 세월을 이기지 못하고, 그저 지들끼리 방만 바꾸는 것으로 만족했다. 너무나 정직한 어둠 속에서 기꺼이 엉덩이를 내주던 사람. 이제 그를 통해 만 명의 넘버 쓰리들이 거리 곳곳으로 스며들었다. 몇은 정책을 홍보하거나 광고 카피를 썼다. 또 몇은 학교에서 학원으로, 지하철 1번 출구나 밤무대로 진출했다. 이제 그들과 이웃하여 정치가는 C의 재개발을 공약으로 내세웠고, 업자들은 C가 자기증식하기만을 고대했다. 교장 선생님은 C를 끄는 데에만 급급했고, 목회자들은 자신이 C의 배후임을 비밀로 했다. 그사이 형아들은 부킹할 때마다, 코로 C를 흡입하는 방법을 가르쳤다. C가 뭐든 이제 상관없으니까. 화장을 짙게 한 여자애가 형아의 팔에 매달려 물었다. 나는 몇 번째야?

이곳에서 가장 흔한 일

지하상가에서 아흔아홉 마리의 양을 치는 목자氏. 밤이면 밤마다 역사 중심에서 축복받는 삶을 강의했다. 새벽이 되자 염소들은 매에에, 꿈속에 지린 얼굴을 지붕에 널러 가고. 역사 주변에는 아무래도 배고픈 양 셋만 남았다. 목자는 不고기 햄 다섯 개를 양들에게 쥐여 주고는 사랑과 평등을 애써 강조하며 돌아갔다. 각자 한 개씩 먹었다. 두 개가 남자, 넷으로 나눠 한 개씩 먹었다. 다시

한 개가 남았기 때문에 그들은 그것을 네 등분해서 한 개씩 먹었다.
한 개가 남았기 때문에 그들은 그것을 네 등분해서
한 개가 남았기 때문에

그들은 종일 먹고, 이튿날 먹을 분량의 부스러기를 또 남겼다.
기적이었다.

웃음 쿠폰이 경제에 미친 사소한 영향

정부는 가족의 건강과 복지 증진을 위해 웃음 쿠폰을 발급했어요. 울적하거나 울먹할 때 가까운 인출기에서 뽑아 사용하면 되죠. 하지만 수산물 센터 김 씨는 오징어 회한 접시에 자신의 쿠폰을 끼워 팔았어요. 대형 할인점에 우유를 납품하는 박 씨도 자신의 쿠폰을 사용해 왔고요. 부도덕한 상술이라고 비난한 사람들도 있지만, 불법이랄 게 있나요. 뭐랄까, 그렇게밖에는 쿠폰을 쓸 수 없었나 보죠. 덕분에 여분의 웃음을 가진 사람들이 늘어나서, 밤새도록 웃을 수 있는 도시의 경계도 생겨났어요. 누구는 경계가 아니라 전선이라 말하지만, 그저 우리는 더 많이 웃을 수밖에요. 그래서 우르르 필드로 몰려 나가 에스까르고를 까며 꺄르르 웃었어요. 까르페디엠!* 가끔 경계 바깥에 있는 사람들은 이렇게 묻곤 하죠. "너, 그 웃음 어디서 났니?" 뭘 하든 사업만 잘되는데 어떠려구요. 안 그래요, 코리아?

* 당신의 쿠폰을 챙기세요!

생활의 달인

J는 재래시장을 돌며 분당 서른 명씩, 쉬지 않고 악수만해. 그녀는 그날 하루 옷깃만 스쳐 이천여 명과 인연을 맺었지. 손에는 주름 하나 잡히지 않고, 접히지도 않아. 손 관리를 위해 사시사철 사타구니에 살짝 끼워 두고 다니지. 이번에 또 여의도에 입점할 거야. L은 뷰파인더를 보지 않고도 사람들의 명치를 찍을 수 있지. 이번 편집만 잘 끝나면 사장 자리에 오르는 건 시간문제. 항상 우리들에게 부족한건 연습이야. S를 봐, 한 줄 문장의 힘으로 이 세상 험한꼴을 흘려 지날 수 있잖아. 그런 S를 호명하며 J는 가스난로 속에 머리를 들이밀지. 모가지를 단련하면, 모가지가 길어도 슬프지 않으니까. 누구든 달인이라면, 지구에 살지 않아도 지구인이 될 수 있어야 해. 대뜸 왜 사냐구 물으면, 그건 달관이지 달인이 아니래두.

모정

　너는 늘 그 모양이구나. 붓글씨 연습을 하던 엄마가 문을 열고 들어온다. 얼굴에 낙서하지 마세요. 아직 잘 시간이 아니잖니? 나는 눈 쌓인 마당으로 나가 떡을 썬다. 구령에 맞춰 이놈의 종자가 입에 밴 엄마, 마루에 앉아 시커먼 달을 그리고 있다. 눈을 가늘게 뜬 어둠 속에서 하나, 두울, 하나, 두울. 넌 늘 그 모양이구나. 지금 떡이나 주무르고 있을 때니? 책상 위에는 열두 개 언어로 쓰인 요리책이 놓여 있다. 책장은 주철합금으로 만들어져, 턱으로 한 장 넘길 때마다 입이 벌어지고 혀가 꼬이는데. 너는 늘 그 모양이구나, 엎어져 잠이나 자렴. 책상 밑에는 스프링 침대가 있고, 침대 밑에는 엄마가 누워 있다. 나직한 목소리. 얘야, 너는 늘 그 모양이구나. 더 이상 낙서하지 마세요. 누군 이렇게 살고 싶니. 내년엔 어디 시집이라도 가야지. 그러니 이제 불을 끄고 누워라 나는,

　네 얼굴에 내 얼굴
　그려 넣을 거다.

사건 A

　몸의 70%는 언제나 사무실에 있다. 1%는 집에, 3%는 길 위에, 4%는 어느 바닷가를 거닐고 있다. 점심을 제때 먹을 확률은 50%, 이중 국적의 갈비탕을 먹고 주인 여자에게나 욕할 확률은 80%이다. 수치가 높을수록 사람들은 나를 나라고 말하고, 낮으면 변했다고 한다. 대꾸할 확률은 날씨가 나쁘면 50%, 좋으면 5%. 저녁마다 비치적비치적 비만 왔다. 사무실을 나온 70%가 곧바로 집에 돌아갈 확률은 15%, 술집에 앉아 노닥거릴 확률은 80%, 나머지는 마른 안주와 젖은 안주 사이에 낮게 깔려 있다. 어느 쪽이든 12시를 넘길 확률은 80%, 잔소리 들을 확률은 90%이다. 이때 내가 화를 낼 확률은 30%, 그랬을 경우 오래 살지 못할 확률은 95%라고 그녀는 말한다. 냉장고에서 2%를 꺼내 든 채, 엉덩이를 30%쯤 까고 변기에 앉아 잠들었는데

　다음 날 아침
　일어날 확률은?

사춘기 분재

無花果 나무가 저질러 놓은 가지 끝에
작은 꽃이 달렸다
액자 밖으로 비집어져 나온
살 한 덩이
귀머거리 계집애가 무화, 무화 웃는다
못 들은 척
혀만 날름거리고 있을 뿐인 꽃
주인이 돌보지 못한 사이

바람이 잎겨드랑이를 파고 들어와
깍지벌레의 속삭임을 까 놓았나
가위를 꺼내 든 주인 남자가
자신의 型을 집행하려고
방문 손잡이를 돌렸을 때
마침내 폭발하는

꺄르르

우왁, 우악

어떤 컵으로? 자고로 커피는 좋은 컵으로 마셔야 해요.
이건 고대 한지 제조법으로 만든 컵이죠. 백 번은 헹궈 쓸
수 있어요. 이건 이집트산이구요. 좀 더 고급스러운 컵이
있는데, 염소 똥으로 만든 컵이에요. 우왁이라고 하죠. 똥
이라고 다 같진 않아요. 시멘트 묻은 벽지를 먹었느냐. 슬
로베니아 합판을 뜯었느냐, 당신도 그렇죠? 지폐를 먹인 똥
도 있어요. 가장 질 좋은 지폐는 지하에 묻혀 있다고 해요.
때 묻지 않았으니까. 화폐에 그려진 얼굴은, 염소들만이 곱
씹는다니까요. 맞아요. 시대는 언제나 컵으로 통했죠. 종이
가 녹기 전에 어서, 쭈욱. 이 동네 기초 질서죠. 취향이 거
리를 더럽히면 안 되니까. 아, 저거요. 당신 것과 같아요. 저
질 일간지에 다르긴 달러를 듬뿍 먹인 건데, 특별히 우악이
라고 하죠. 애용하면 눈이 멀지만, 중독성이 있어 죽어도
못 끊는다나 봐요. 자, 다음 분. 어떤 컵으로?

인디언이니까

석 달도 살지 못할 것 같았는데,
삼십 년을 살았지 인디언이니까
자기들끼리 어울려 함부로 살았지
그래도 행복하다니까 인디언이니까
정비 구역 바깥에도 살 만한 곳이 있다고
몇 번이나 공지했지
도시 재정비 촉진법도 읽어 주고
성경도 읽어 주었는데
말이 잘 안 통했으니까 인디언이니까
정말 우리들의 미래를 구길 셈이니?
여기서는 그렇게 숨 쉬면 안 된다는 걸
잘 이해하지 못했으니까 인디언이니까
뒤돌아보지 말고 가랬는데
뒷짐 지고 있었으니까 뻔뻔했으니까
우리 미래를 밝히려는 마당에
불량스럽게도 그 마당에 들어가
손도끼를 꺼내 온 건 너희들이니까
아무렴, 인디언이니까
옛날부터 그들은 늘 그렇게

비명을 질러 왔으니까 인디,

言이니까

175센티미터의 전복

전복. 전철에 올라타 입 벌린 채 침 흘리는 전복. 꼭 사십오 년을 살았고, 차장 진급을 앞둔 전복. 이마 껍질이 약간 닳은 전복. 눈에 분비물이 자주 끼지만, 그래도 아직 탱탱하다고 칭찬받는 전복. 기본적인 양식을 갖춘, 거기서 양식되는 전복. 자기 속은 아무래도 안 보이고. 발랑 까진 것들을 곁눈질하며 옆구리에 혀를 차는 전복. 조금만 젊었어도 무능한 전복들의 씨를 싸그리 말렸을 전복. 하지만 아무도 말릴 것 같지 않아 재빨리 눈길을 돌린 전복. 가쁜 숨을 삼키며 마른 입술을 핥는 전복. 세상을 한번 정복해 보고 싶지만, 오늘도 무사히 퇴근길에 오른 전복. 고지혈증 판정을 받았지만 아직은 탱탱하다니까, 마음까지 신선한 전복. 다음 날 아침이면, 자신이 먹을 죽이나 쑤는 전복. 기쁜 우리, 전복.

한 마당에서 뱅뱅

슬리퍼를 끌고 아빠가 산책하는 길은 빙빙, 운동화를 구겨 신은 내가 담배 피우러 가는 길은 뱅뱅. 우주는 찌그러져 있고, 길은 지금도 계속 갈리고 있어요. 막냇동생은 아빠의 1/6 중력으로 마당을 돌고 있네요. 붕붕, 바닥에 떨어졌다가 다시 튀어 오르는 낙엽들. 마당 귀퉁이에서 아빠는 낙엽의 멱살을 쥐고 흔들어요. 마당을 어지럽힌 난민들이라서 죄다 자루에 담겨 추방될 테죠. 낙엽 속에 얼마나 많은 골목이 숨어 있는지. 그곳에 발을 디딘다면, 아빠도 오빠가 될 수 있을까요? 우리는 한 마당에 모여 있지만, 서로 다른 번지를 달고 살죠. 그저 엄마의 집에서 함께 식사나 할 뿐. 안 갈 수도 없어, 다들 밥은 먹고 살아요. 길은 헛갈리는 게 아니라 계속 갈리고 있을 뿐이에요. 슬리퍼를 끌고, 우리 마당으로 한번 놀러 오세요. 저만치 숨겨 놓은, 번지 없는 꽃들을 보여 드릴게.

과일촌 오형제

큰형은 배야, 얼굴은 돌배라도 마음은 삼베라서 인기가 좋지. 나는 복숭아. 나이 먹어도 이 솜털들은 어쩔 수 없나 봐. 포도하고 사과 형은 새벽종 울릴 때 나가서 아직 안 돌아왔어. 큰형은 요즘 찾는 사람이 없어 뼛속까지 하얀 백수가 됐지만. 어차피 갈아 먹을 거, 얼굴 보고 먹나. 포도형은 나일론 환자들이 몰려 있다는 사거리 정형외과로 영업을 다녀. 무가당과 올리고당의 선거 사무실에 불려 갈 때도 있고.

하지만 후르츠 타운 개발이 시작되면서, 이 동네 간병일과 심부름이 다 끊겼지. 과일촌에서 나고 자라 몸을 갈아 왔는데. 이젠 전부 갈아엎고 떠나야 할까 봐. 자전거에 동생을 싣고 후르츠 타운 망고 빌리지를 지나가는데, 한 귀부인이 내 동생 감귤을 빠꼼히 바라보며 말했어. 어린지?

다시

다시 기른다 먼, 사막에서 왔다 눈
없는, 열대어 이름은 다시, 캄캄해
온몸을 던져 관을 뛰쳐나온, 다시
발을 뺄 수도, 딛고 설 수도 없는데
이대로 멈출 순 없잖아, 다시
아무도 기다리지 않아, 그래도 다시
숨 멎도록 구르는, 얼굴 팅팅 부은,
다시 아니 다신
떠올리고 싶지 않은
당신

사람들 늘 그렇듯
그 눈 속에 열대야를 기른다
다시,

Escape from your reality

기린을 보면 그리고 싶어진다. 내가 그린 기린 그림이 그림으로 남을 수 있는 이유는 네가 그린 기린 그림보다의 보다 때문이다. 그림을 그리기 위해선 적어도 보다가 따라가야 한다. 오늘도 옆집 여자보다 더,

그림이 없다. 그림임을 의심하는 그림이 어디 있는가. 106동 여자가 15층에서 그림으로 흘러내린 것도 그녀의 그림인 것이다. 다만 그녀는 더 이상 기린을 망치지 않아도 된다.

너는 그린다. 그도 그린다. 각자의 그림을 들고 두 사람이 만나 함께 산다. 두 사람이 만나 십 년이고 이십 년이고 서로의 그림을 지우며 산다. 간다.

인생은 그림보다, 그림은 기린보다 짧다. 구도만 여전하다. 이번 판에선 기린 없는 기린 그린 그림도, 기린 그린 그림이다. 그러면 당신은, 누가 그린 기린 그림 속에서 나온 목 짧은 기린,

꾸어 온 그림이신지

어떤 피의자 진술

그러니까 사실,
자꾸 사실을 말하라고 하는데
사실, 난 말이야
평소부터 알고 지내던
암소를 닮았거든*
참다 참다
얼굴이 빨개진 염소가
자신의 뿔을 꺾으며 말했다

* 그러나 사실은 항상 어리석고 어느 시대에나 신보다는 송아지를 닮아 보
  였다.(니체, 『반시대적 고찰』에서)

몰라도, 좋아

백년이 지나고
천년이 지나도 당신만 있다면
그게 사랑이야, 상처지.
언제라도 등을 돌리고
한눈팔 수 있는 내가 좋아, 손 뻗어도
잡히지 않는 곳에 있는
팔지 못할 게 없는 내가 좋아
작은 외눈들을 온몸에 박아 넣고
데굴데굴 몸 밖으로 구를 테야
만일 너희 중에
한 사람이라도 초점이 맞는 자가 있다면
이 여인을 돌려 쳐, 도 좋아
백년이 지나고
천년이 지나도 변치 않을
우리의 변덕, 네가
누굴 바라보고 있는지
몰라도, 좋아!

귤껍질로 만든 쩸

귤 백 개를 모아 쩸을 만들었지. 귤은 하나같이 귤. 겨우
내 시들어 버린 귤. 백 개를 모아 쩸을 만들었지. 꿈은 하
나같이 껍질을 지니고 있고, 옷을 벗으며 몸을 벗는 사람
도 있나. 어디까지가 꿈인지 어디까지가 껍질인지. 설탕 타
는 냄새를 맡으며 당신이 벗어 두고 간 몸을 떠올리지. 앞
니에 한 점, 살이 끼고 또다시 구름이 시드는 시간. 귤은
하나같이 귤인데, 어디를 봐서 귤인지 기억이 가물하고. 오
랜 시간을 두고 쩸을 만들었지. 설탕만 한 포대 있으면 시
든 얼굴에 쩸이 아니라 쩹이라도 넣을까 싶어. 밤마다 냄비
를 휘휘 저었지, 더 이상 삼킬 수 없는 것들을 모아, 버려진
코끼리들을 모아.

H

물은 고인 데 또 고인다. 그 불면의 웅덩이를 나와, H형
은 드디어 뱀파이어가 됐다. 빈혈을 치료할 수 없어서라 했
다. 송곳니를 쓰든, 위생 빨대를 쓰든 이젠 아무도 H형을
의심치 않는다. 한 벌의 붉은 망토와 뾰족한 플라스틱 지팡
이를 들고, 그는 자신만이 닿을 수 있는 그믐으로 간다. 지
팡이가 더 뾰족해지고 빨대가 더 뜨거워진 것도 다, 다, 다
빈혈 때문.

그러니까 H형은 뱀파이어가 되었다. 망토는 매일, 지팡
이는 하루걸러 한 번씩 녹이 슨다. 존재는 맺힌 데 또 맺힌
다. H형은 씻을 수 없는 손으로, 입에 담을 수 없는 존재가
되기 위해 노력한다. 어찌 뱀파이어가 종기, 부스럼, 멍 자
국 따위를 두려워하랴. 이제 모두들, H를 형이라고 부르지
않고 성이라 부른다. 성은 매우 빨라 눈에 띄지 않고, 무지
견고해서 무너지지 않는다. 빨리는 것보다 더 많은 양을
빨 수 있는 성. 마을을 헤집고 지나간 전설. 우리는 형이라
부르지 않고, 성이라 부른다.

사람, 그 사람

지금을 접어 잠시 꺼내 본다. 지금 엿보는
그 사람은 지금은 없는 사람. 창가에 턱을 괴고
망을 보던 시간이 한 뼘의 그늘로 떨어진다.
관성의 힘으로 나는 장이나 보러 가고
별을 보던 그 사람, 지금은 우주로 흘러들었다. 두고
꺼내 맛보는 사람은 지금은 없는 사람
녹녹은 뒤집어 말려도 눅눅하고
망을 보다 맘을 다친 밤이 마을로 스며든다.
지금 엿보는 그 사람은 당신에게
밉보인 사람, 이 세상에 다신 없을
울보인 사람. 눅눅은
뒤집어 말려도 녹록지 않고
지금, 을 닫아 두며 다시 꺼내 엿보는 사람은
지금은 가 버린 사람, 창가에
눈가에 금 간 턱을 그대로
받쳐 놓은 채

'기린 없는 그림'은
어떻게 '기린 그린 그림'이 되었나?

김언(시인)

어떤 이미지에 집착하는 시인이 있다. 어떤 이미지에 집착하고 몰두하고 그 언저리에서 계속 시를 생산해 내는 시인이 있다. 모든 시인에게 해당되는 것은 아니겠지만, 적어도 어떤 시인들에겐 그러한 이미지가 평생 따라붙으면서 시 근처를 맴돌며 떠나지 않는 경우가 있다. 시 근처를 맴돈다지만 실은 시를 지탱하는 가장 든든한 원천으로 남아 있는 그 이미지를 나는 특별히 '필생의 이미지'라고 부른다. 말 그대로 평생에 걸쳐 붙들고 가야 하는 이미지. 억지로 놓아 버리려 해도 놓아지지 않는 이미지. 평소에는 잘 보이지도 생각지도 않다가도 시에만 들어가면 어떤 식으로든 달라붙는 이미지. 조금씩 다르게 변형되더라도 결국엔 그것 하나로 귀결되는 이미지. 필생의 이미지는 시인들 저마다 다르게 간직하고 다르게 표출되지만, 한 시인의 원천이자 근원을 이룬다는 점에서는 동일한 무게감을 지닌다. 누군가는 빛에, 누군가는 물에, 또 누군가는 불이나 연기에 붙들린 채로 일생 동안 시를 써 나가는 동력이자 시를 지탱해 가는 대들보처럼 여기는 이미지. 예컨대 빛의 이미지, 물의 이미지, 불이나 연기의 이미지, 아니면 나무의 이미지. 저마다 세계의 근원적인 속성을 담고 있는 듯한 이러한 이미지를 생략하고서는 누군가의 시가 설명될 수 없는 경우를 자주 목격한다. 설명 이전에 존재 자체가 성립할 수 없는 경우를 종종 목격한다. 말하자면 그 이미지 자체가 그의 시다. 필생의 이미지가 곧 한 사람의 시인 것이다.

나는 지금 누군가의 시를 읽으면서 애써 필생의 이미지를 찾으려고 하지 않는다. 그보다는 필생의 이미지가 혹자들의 시에서, 그리고 혹자들의 삶에서 얼마나 큰 그늘을 거느리고 있는지를 얘기하고 싶을 뿐이다. 그것 없이는 시가 존립하지 않듯이 그것 없이는 삶 자체가 지탱이 안 되는 이미지. 살아가더라도 그것 없이는 핏기 없는 삶이 되고 말 필생의 이미지를 한 편의 알레고리처럼 엮어 놓은 시가 있다. 필생의 이미지를 둘러싸고 벌어지는 한 편의 우화에 해당하는 그 시를 우선 옮겨 본다.

기린을 보면 그리고 싶어진다. 내가 그린 기린 그림이 그림으로 남을 수 있는 이유는 네가 그린 기린 그림보다의 보

다 때문이다. 그림을 그리기 위해선 적어도 보다가 따라가야 한다. 오늘도 옆집 여자보다 더,

그림이 없다. 그림임을 의심하는 그림이 어디 있는가. 106동 여자가 15층에서 그림으로 흘러내린 것도 그녀의 그림인 것이다. 다만 그녀는 더 이상 기린을 망치지 않아도 된다.

너는 그린다. 그도 그린다. 각자의 그림을 들고 두 사람이 만나 함께 산다. 두 사람이 만나 십 년이고 이십 년이고 서로의 그림을 지우며 산다. 간다.

인생은 그림보다, 그림은 기린보다 짧다. 구도만 여전하다. 이번 판에선 기린 없는 기린 그린 그림도, 기린 그린 그림이다. 그러면 당신은, 누가 그린 기린 그림 속에서 나온 목 짧은 기린,

꾸어 온 그림이신지

——「Escape from your reality」 전문

기린——그림——인생으로 이어지는 이 시의 세 가지 키 워드는 그것들이 한데 모여 파편적인 동시에 한 줄로 꿰어 지는 이야기를 만들어 내고 있다. 이야기가 지시하고 상징 하는 바는 비교적 명확해 보이지만, 낱낱이 파고들어서 따

져 보면 그렇게 간단히 읽히는 시가 아니다. 예술이 되기 힘든 삶에 대처하는 예술가의 고육지책 정도로 뭉뚱그려 읽을 수 있는 이 시의 전언은 세부적으로 파고들수록 여러 생각거리를 파생시킨다.

우선 "기린을 보면 그리고 싶어진다."라는 첫 문장부터 들여다보자. 무릇 화가라면 무언가를 그리고 싶어지는 것은 당연지사겠지만, 화가라고 해서 아무거나 그리고 싶어 하지는 않을 것이다. 보인다고 해서 모두 그리려고 하지는 않는다는 말이다. 엄밀히 말해 화가는 그리고 싶은 것만 그리고, 그리고 싶은 것만 사실상 본다. 그런 점에서 화가의 시선은 보고 싶은 무언가가 보여지기 전에 이미 그것을 볼 채비를 마친 시선이다. 마치 거미줄을 쳐 놓고 먹잇감을 기다리는 거미처럼 그가 원하는 대상이 포착될 때까지 기다리고 또 기다리는 시선. 기다리는 대상은 물론 화가마다 시선마다 다를 것이다. 앞에서 말했던 필생의 이미지가 저마다 다른 것처럼. 이 시에서는 '기린'이 등장해서 저마다 다른 그 대상을 통칭하고 있다. '기린'이라는 사물이 등장하여 각각의 '그림'으로 이어질 채비를 마치고 있는 것이다.

흥미로운 점은 이때의 '기린'이 단순히 그림 한 편이 되기 위한 낱낱의 소재로만 읽히지 않는다는 사실이다. 그것은 누군가의 그림 한 편을 감당하는 수준이 아니라 화가의 작품 세계와 그 너머 인생까지 아우르는 수준으로 격상된다. 시의 후반부에 등장하는 "인생은 그림보다, 그림은 기린보다 짧다."라는 문장은 단지 시간적인 길이로만 각각의 위상을 비교한 말이 아닐 것이다. 인생보다는 그림에, 그림보다는 기린에 더 근원적인 가치를 두는 듯한 저 발언을 뒤집어 보면, 기린에서 그림이 나오고 그림에서 인생이 나오는 예술가의 삶을 그대로 응축한 것으로 읽힌다. 작품뿐만 아니라 인생까지 건드리고 또 지탱하는 '기린'은 그리하여 앞서 언급한 '필생의 이미지'를 충실히 이어받는 사물이라고 할 수 있다. '기린'이 없으면 그림도 그릴 수 없으며 삶조차도 자신의 삶답게 영위할 수 없는 지경에서 훼손되는 것은, '기린'이라는 '필생의 이미지'에만 한정되지 않는다. 그것의 부재를 떠안은 채 견뎌야 하는 예술가 자신의 작품과 인생까지 극한으로 몰리는 지경은 이 시의 2연과 3연에 등장하는 사례로도 어렵잖게 짐작할 수 있다. 자신의 정체성과도 이어지는 '기린'을 더 이상 망치지 않는 최후의 방식으로 선택한 '그림'은 더는 그려지기를 포기하는 그림, 즉 자살이다. 각자의 고유한 기린에 기대어 그림을 그리는 두 사람이 만나 결국엔 서로의 그림을 좀먹으며 "십 년이고 이십 년이고" 살아야 하는 것도 그럼 그림이라고 할 수 있을까. 물론 그렇다. 서로가 서로를 지워 가는 그림도 그림인 것이다. 이 시에서는 적어도 이 모든 것을 그림으로 받아들이고 있다. 그리하여 "기린 없는 기린 그린 그림"도, 그보다 더 구구하게 "목 짧은 기린"이 들어간 그림도 "기린 그린 그림"으로 체념하듯이 받아들이고 있는 구도. 'Escape from your reality'라는 제목과 사실상 정반대에 놓이는 구도. 그러한 구도만 남은 그림을, 아니 시를 어떻게 받아들일 수 있을까. 그보다 먼저 어떻게 시를 발생시킬 수 있을까.

확답이 유보된 질문 앞에서 기묘하게 가능의 세계를 펼쳐 보이는 한 시인의 시가 있다. 송기영. 그의 시를 읽기 위해서는, 그리고 그의 시집을 독파하기 위해서는 준비물처럼 필요한 몇 개의 키워드가 있다. 그것들을 따라가다 보면 '기린 없는 그림'을 받아들이는 방식으로 '기린 그린 그림'을 생산해 내는 그의 기묘한 시적 전략을 조금이라도 더 짚어 낼 수 있지 않을까. 읽어 나가는 도중에 허방에 빠지지 않기 위해서라도 중무장하듯이 장착해야 하는 첫 번째 키워드는 '비교'다.

둘 이상의 것을 견주어 공통점이나 차이점을 살피는 '비교'의 사전적인 의미에서, 우선 차이점을 살피는 의미에 더 무게를 두고서 시를 읽어 보자. 멀리 갈 것 없이 앞서 인용한 시의 첫 연을 다시 본다. "내가 그린 기린 그림이 그림으로 남을 수 있는 이유는 네가 그린 기린 그림보다의 보다 때문이다." 이 말을 풀어 보면, "내가 그린 기린 그림"이 그림(예술)으로 남기 위해서는 "네가 그린 기린 그림"과 견주어서 뭔가 다른 지점, 즉 차이 나는 점이 있어야 하는데, 이 문장에선 차이 나는 점이 어떤 것이어야 하는지에 대해선 생략하고 있다. 차이 나는 지점(내용이든 형식이든)이 무엇인가는 중요하지 않다. 차이 나는 그 자체가 중요하다는 차원에서 '보다' 다음을 과감히 생략하고 곧바로 '보다'에 방점을 찍는 문장으로 나아갔을 것이다. 여기서 '보다'는 물론 비교급의 '보다'(than)일 테지만, 바로 뒷문장인 "그림을 그리기 위해선 적어도 보다가 따라가야 한다."에 이르면, 묘하게도 무언가를 보는(see) 의미까지 내포한 단어로 확장된다. 그림을 포함하여 예술을 하기 위해선 반드시 무언가를 보는 시선이 필요하고, 동시에 그 시선은 남들과 다르게 보는 시선이어야 한다는 전언을 한꺼번에 담고 있는 저 문장을 요약하면, 결국 예술의 핵심은 '보다'에 있다는 사실. 좀 더 풀어 쓰자면, '남보다 다르게 보다'에 예술의 궁극이 있다는 사실. 그러나 현실(reality)은 그러한 '보다'를 녹록하게 허용하지 않는다. 오히려 남들과 다름없이 보는 시선을 끊임없이 교육하고 주입하며, 이는 사실상 무언가를 제대로 못 보게 하는 것과 같다. 예술의 핵심이자 궁극인 다르게 보는 시선을 발붙일 틈조차 주지 않는 현실에서 남는 것은 다시 '비교'다. 이때는 차이점보다 공통점을 살피는 쪽에 더 무게중심을 둔 비교다.

네 건강은, 아침마다 새하얀 트레이닝복을 입고 운동을 나가는 옆집 여자와 비교할 수 있다. 너의 결혼 생활은 네 엄마와 이혼하지 않은 검은 토파즈의 아버지와 비교할 수 있다. 작년 실적은 중국에서 수입한 검은색 고춧가루와, 또 네 습관은 전봇대만 보면 그냥 지나치지 못하는 말티즈와 비교 가능하다. 가벼운 우울은 항아리에 오랫동안 담겨 자기를 삭히고 있는 된장과 공통점이 있지만, 이런 네가 이런 된장에 밥을 비빌 때만큼은 무엇과도 비교할 수 없을 만큼 권태롭다. (⋯⋯) 비유가 뭔지는 잘 모르지만, 다들 비교는 하고 산다. 적어도 비교해서

—「옥션에서 사는 법」부분

중략된 부분을 포함하여 처음부터 끝까지 비교로 점철된 이 시의 각 문장은 여느 시 같으면 비유로 처리되었을 문장들이다. 가령, 첫 문장은 '네 건강은 아침마다 새하얀 트레이닝복을 입고 운동을 나가는 옆집 여자처럼 어떠어떠하다'로, 두 번째 문장은 '너의 결혼 생활은 네 엄마와 이혼하지 않은 검은 토파즈의 아버지처럼 또 어떠어떠하다'는 식으로. 직유가 너무 빤해 보인다면 은유든 환유든 다른 비유를 동원했을 법한 문장들인데, 이 시에서는 일관되게 비교로 처리되고 있는 점이 특이하다. 왜 비유가 아니라 비교였을까. 비교를 동원해서 비교로 점철된 문장을 이끌어 가다가 마지막에는 "비유가 뭔지는 잘 모르지만, 다들 비교는 하고 산다."라고 살짝 비꼬듯이 마무리를 했을까. 모든 면에서 비교되는 것에 익숙해진 현대인의 삶을 비판적으로 환기하기 위해서? 틀린 답은 아니겠지만, 빤해 보이는 답을 뒤로 물리면 새삼스럽게 비유와 비교에 대한 생각이 기다리고 있다.

비유와 비교는 둘 다 서로 다른 대상의 공통점 혹은 유사점을 발견하는 과정을 필요로 한다. 서로 다른 두 대상 사이에 같은 점 혹은 닮은 점이 들어가서 다리 역할을 한다는 점에서 비유나 비교나 크게 다를 바가 없어 보이지만, 둘이 지향하는 바와 거기서 비롯되는 효과는 상당히 다르다. 비유는 (빼어난 비유일수록) 상이한 두 사물을 극적으로 연결시키면서 제3의 의미와 이미지를 불러일으킨다. 언뜻 봐서는 전혀 연결된 여지가 없는 두 사물의 숨은 속성을 절묘하게 이어 붙이면서 한편으로 두 사물이 따로 떨어져 있을 때는 보이지 않던 의미와 이미지를 함께 창출하는 것이다. 반면에 비교는 서로 다른 두 사물의 공통점을 발견하는 데 그치는 경우가 많다. 따라서 효과도 비유에 비해 큰 반향을 불러일으킬 정도가 못 된다. 문제는 상이한 두 사물의 공통점을 어떤 강제적인 기준을 들이대어 포착할 때 발생한다. 이때 두 사물은 극적으로 연결되는 것이 아니라 폭력적으로 결합된다. 가령, 성격도 재능도 장래 희망도 판이하게 다른 두 학생이 있다고 할 때, 단지 학생이라는 이유로 둘 사이에 '공부'라는 공통점만을 유일한 잣대처럼 들이밀고서 둘을 재단한다면 이는 분명 폭력에 가까운 비교가 될 것이다. 이처럼 폭력적으로 재단하기 위해 공통점을 강조하는 비교의 시선이 서로 다른 것을 억지로 같은 선상에 두고 보려는 태도에서 발생한다면, 비유는 결과적으로 제3의 의미를 창출하기 위해 두 사물의 속성을 기존과는 다르게 보려는 시각에서 발생한다. 요컨대 비교는 다른 것도 같게 보기 위해 동원되고, 비유는 같은 것도 다르게 보기 위해서 창출된다.(이는 앞에서 예술의 핵심이 '남보다 다르게 보다'에 있다고 한 대목과도 상응한다.) 따라서 비유가 예술(시)에 이바지하는 시선이라면, 비교는 현실의 논리를 공고히 하기 위해 재생산되는 시선이다. 그렇다면 비유가 아니라 비교의 방식으로 문장을 이끌어 나가는 저 시는 도무지 다르게 보는 것을 용납지 않는 현실 세계의 논리를 구조적으로 되풀이해서 보여 준다고 할 수 있다. 그와 동시에 비유가 들어갈 자리를 비교로 대체하면서 제3의 의미가 창출될 수 있는 자리를 온전히 공터로 남겨 놓는 효과도 함께 창출한다. 예컨대 "네 건강은, 아침마다 새하얀 트레이닝복을 입고 운동을 나가는 옆집 여자와 비교할 수 있다."라는 문장은 표면적으로 비교를 앞세운 진술이지만, 이면에는 "네 건강"과 "옆집 여자" 사이에서 발견되고 창출될 수 있는 제3의 의미가 묘하게 생략된 비유의 방식을 취하고 있는 것이다. 비록 가시화되지는 않았지만, 결코 없다고도 할 수 없는 제3의 의미를 비워 놓는 방식으로 창출하는 이 이상한 비유는 송기영의 시가 획득한 개성적인 수사의 한 사례라고 할 수 있다.

문장의 이면에서 비유와 비교의 방식을 절묘하게 결합시킨 시의 표면에는 그러나 여전히 비교가 일상화된 현실의 삶이 달라붙어 있다. 현실에서는 (궁극적으로 남들과 다르게 보려는) 비유보다 (결과적으로 남들과 같게 보게 하려는) 비교가 여전히 비교 우위의 가치를 지닌다. 그런 점에서 시의 제목에 등장하는, 가격 비교가 중요시되는 공간인 '옥션'은 모든 것이 비교 대상이 되는 삶의 전시장을 축약한 공간이라고 할 수 있다. 여기서는 물건을 사고파는 것뿐만 아니라 삶 자체가 비교의 연속인 것을 체득해야 한다. 마치 '옥션'에서 물건을 사는 것처럼 비교에 기대어 살아가는 법을 익혀야 하는 것이다. 이처럼 비교의 논리가 강조된 세계에서는 개인의 고유성이나 정체성도 뒷전으로 밀리면서 무엇이든 사고팔 수 있는 환금 원리로 흡수된다. 그나마 개인의 고유성을 간신히 담보해 주는 이름도 더는 골치 아픈 탐구의 대상이 아니라 무엇이든 사고파는 원리가 작동하기 위한 알리바이로 전락한다. "달리 부를 수 없어서/ 너를 판다"(「이름이 불리기 위한 마지노선」)는 단순히 존재를 호명하기 힘든 상황을 모면하기 위한 핑계로 읽히지 않는다. 현실 세계를 마지막으로 지탱하는 것이 결국엔 비교에 기댄 환금 원리라는 걸 확인시켜 주는 저 문장과 엇비슷한 사례는 시집의 곳곳에서 더 발견할 수 있다. 가령, "엄마는 기어코 토마토 하나하나에 이름을 붙여 불렀습니다./ 못마땅했지만 엄마와 장에 나가,// 재정, 은수, 홍구, 계영, 소연, 기수, 춘희, 현구, 은이, 영식이를 팔았습니다."(「토마토 하나의 이유」) 같은 구절. 이처럼 이름으로 간신히 대변되는 존재의 고유성조차 거리낌 없이 사고파는 것이 가능한 세계에

서, '비교'에 이어 두 번째로 주목해야 할 키워드가 있으니
바로 '수치(數値)'다.

　　몸의 70%는 언제나 사무실에 있다. 1%는 집에, 3%는 길
위에, 4%는 어느 바닷가를 거닐고 있다. 점심을 제때 먹을
확률은 50%, 이중 국적의 갈비탕을 먹고 주인 여자에게나
욕할 확률은 80%이다. 수치가 높을수록 사람들은 나를 나라
고 말하고, 낮으면 변했다고 한다. 대꾸할 확률은 날씨가 나
쁘면 50%, 좋으면 5%. 저녁마다 비치적비치적 비만 왔다.
사무실을 나온 70%가 곧바로 집에 돌아갈 확률은 15%, 술
집에 앉아 노닥거릴 확률은 80%, 나머지는 마른 안주와 젖
은 안주 사이에 낮게 깔려 있다. 어느 쪽이든 12시를 넘길 확
률은 80%, 잔소리 들을 확률은 90%이다. 이때 내가 화를 낼
확률은 30%, 그랬을 경우 오래 살지 못할 확률은 95%라고
그녀는 말한다. 냉장고에서 2%를 꺼내 든 채, 엉덩이를 30%
쯤 까고 변기에 앉아 잠들었는데

　　다음 날 아침
　　일어날 확률은?

　　　　　　　　　　　　　　　　　　　　—「사건 A」전문

　　비교의 논리로 점철되는 삶은 한편으로 삶의 모든 양상
이 수치로 환원되는 현상과 무관하지 않다. 이것과 저것,

이이와 저이의 정확한 비교를 위해서 동원되는 숫자는 낱낱의 존재를 보다 정밀히 추적하고 설명하기 위해서도 반드시 필요하기 때문이다. 혹여 정수처럼 딱딱 들어맞는 규정이 불가능한 사안에 대해서는, 확률이라는 든든한 카드가 또 기다리고 있다. 모든 것이 불확실한 시대를 우아하고 근사하게 감당해 주는 도구로 확률만큼 확실한 카드도 없을 것이다. 여기서 한 가지 놓치지 말아야 할 점은, 비록 확실한 값은 보장해 주지 못하더라도 가장 근사한 값(근사치)은 선사해 주는 확률 또한 엄연히 수치화된 세계의 산물이라는 사실이다. 그리하여 우리를 감당하는 동시에 지배하는 것은 다시 숫자다. 비교 과잉의 시대에 우리의 삶은 숫자로 환원되고 숫자로 설명되는 삶이며, 따라서 저마다의 불확실한 행보도 무한히 열린 가능성도 모두 숫자로 판독과 예측이 가능하다. 그것이 또한 가장 큰 공신력을 얻는다. 확률로 점철된 일과를 보내고 있는 위 시의 화자에게서 우리가 재차 확인하는 것도 결국엔 수치로 증명될 수밖에 없는 우리 삶의 불확실성이면서 동시에 너무도 빤한 일상성이다. 확률상의 "수치가 높을수록 사람들은 나를 나라고 말하고, 낮으면 변했다고" 말하는 데서 누군가의 본성과 무언가의 본질이 결정되는 현실을 비루하다고 진단하기도 전에, 수치화되고 계량화된 세계는 우리에게 이미 일상사가 되어 버렸다. 마치 숨 쉬는 공기처럼 둘러싸고 있는 수치화된 세계의 일상성은 앞서 언급한 환금 원리와 결합하면서 자본(주의)의 논리로 진화하고 또 강화된다. 아래는 자본의 논리에 포섭된 세계의 또 다른 현장이다.

그의 왼팔은 러시앤대시의 것이다. 오른팔은 레드코프, 다리 하나는 논스탑크레디트의 것이며 다른 하나는 무허가 캐피탈에 등록되었다. 그의 사지는 매해 39% 이상씩 자란다. 목은 어디에 걸려 됐는지 모른다. 때때로 한 팔과 한 다리는 50% 그리고 목은 60%의 참! 놀라운 생장이라 해야 할지 증식이라 해야 할지.

—「거위의 꿈 — Pâté de Foie Gras」 부분

우리를 공기처럼 둘러싸고 있는 자본의 논리는 한발 더나아가 우리 몸의 일부처럼 작동하면서 점점 더 몸집을 불려 간다. 그것을 생장이라고 부르든 증식이라고 부르든 상관없이 무한 확장되는 자본의 논리는 인간의 몸은 물론이고 세계의 구석구석까지 침투하여 씨를 퍼뜨린다. 불법 사채에 따라붙는 살인적인 이자율처럼 무한 증식을 거듭하는 자본의 논리 앞에서는 현재의 삶에 충실해야 한다는 깊은 철학적 충고도 현재 유효한 쿠폰을 챙기라는 조언 정도로 전락한다.("까르페디엠! 당신의 쿠폰을 챙기세요!", 「웃음 쿠폰이 경제에 미친 사소한 영향」) 자본은 더 나아가 허허벌판의 우주 저 너머에 있을지도 모를 외계 생명체에 대한 탐사 계획에까지 뿌리를 뻗으며(「오즈마 캐피탈」) 자신의 논

리를 반복 재생산하는데, 가히 송기영의 시를 읽는 세 번째 키워드라고 해도 충분할 '자본'의 거침없는 증식과 생장의 현장을 지나면 또 다른 키워드가 기다리고 있다. 바로 '알고리즘(algorism)'이다.

요리하는 기계랑 삽질하는 기계가 살았어요. 알고리즘이 그래요. 하나가 삽질해야 다른 하나가 요리할 수 있고 그렇게 요리해야 다른 하나가 메뉴대로 삽질할 수 있거든요. 요리하는 기계와 삽질하는 기계가 함께 보내는 시간은 모두 여섯 시간. 요리도 삽질도 없는 무료한 시간에 그들은 톱니를 닦고 조이고 기름 치죠. 서로의 톱니가 종종 어긋날 때도 있는데 그러면 낯설어 얼굴을 가리기도 하지만, 날이 밝으면 괜찮아질 거예요. 요리하는 기계는 자신의 메뉴대로 한 솥 아침을 볶아 낼 테고, 삽질하는 기계는 할부로 판 실입주 공간을 총총 빠져나갈 테죠. (……) 요리하는 기계랑 삽질하는 기계가 살았어요. 알고리즘을 누가 짰는지 나는 잘 몰라요.

　　　　　　　　　　—「Player — 512MB RAM×2」 부분

앞서 인용한 시 「거위의 꿈 — Pâté de Foie Gras」에서 자본의 논리에 잠식된 '내 몸은 이미 내 몸이 아니다'라는 전언을 얻을 수 있다면, 이 시는 "요리하는 기계"나 "삽질하는 기계"와 마찬가지로 '내 삶은 이미 내 삶이 아니다'라는 말로 요약 가능하다. 기계와 다름없는 삶은, 이제 운명 혹은 그것의 대척점에 놓인 의지로 설명될 수 있는 것이 아니라 마치 알고리즘처럼 암암리에 그리고 철저하게 계획된 성질의 것이다. 누가 짜 주지 않아도, 누가 짰는지 몰라도 미리 판이 짜인 삶은 내정된 수순을 따라가는, 즉 알고리즘을 따라 흘러가는 삶 이상도 이하도 될 수가 없다. 알고리즘은 알고리즘이기에 그것을 바꿀 수 있는 운명이나 개인의 의지 따위를 변수로 두지 않는다. 알고리즘 속의 개개인은 기껏해야 수행자(player)의 자격을 가지며, 따라서 아무리 발버둥 쳐도 예상 가능한 경우의 수를 벗어나지 못한다. 문제는 이러한 알고리즘을 누가 혹은 무엇이 짰는가 하는 질문 앞에서 어떤 답변도 들려줄 수 없다는 데 있다. 알고리즘에는 수행자만 있을 뿐 주체가 없다. 알고리즘을 만든 주체도 사실상 알고리즘이 전부인 세계에서는 존재할 수가 없다. 그러니 "알고리즘을 누가 짰는지 나는 잘 몰라요."라는 답변만 돌아올 수밖에.

영원히 주체의 자리를 비워 놓은 알고리즘의 세계에서 아마도 우리가 바랄 수 있는 유일한 희망은, 이름 붙이기도 곤란할 정도로 거대한 동시에 비어 있는 그 무엇이 운 좋게 우리를 호명하여 용도 변경해 주는 정도가 고작일 것이다. "그게 뭐든, 有名한 당신에게/ 나도 불리고 싶어요// 우리들은 모두/ 용도 변경하고 싶은"(「코끼리 접기 ─ 꽃의 비밀」) 심정으로 애타게 호명을 바라지만, 그것은 기적에 가까운 사건이며 불가능에 가까운 소원일 뿐이다. 복권에 당첨될 확률과 다를 바 없는 요행을 계속 바랄 것이 아니라면, 알고리즘의 세계에 적합한 인간형을 고민하는 것이 훨씬 더 생산적인 방안이지 않을까. 여러 인간형을 고민해 볼 수 있는 이 방안에서 몇몇의 유형은 일찌감치 후보에서 탈락한다. 가령, 삶의 수순이 이미 정해진 세계에서는 한 발짝 떨어져서 관조하거나 달관하는 유형은 적합하지 않다. 거기에는 불필요하게도 '왜 이렇게 기계처럼 살아야 하는가?'라는 질문이 따라붙기 때문이다. 이미 짜인 상태로 앞으로도 지속될 판에서 '왜?'라는 질문은 결코 도움이 되지 않는다. 오히려 '어떻게 하면 알고리즘의 세계를 보다 능숙하게 살아갈 수 있을까?'가 실질적인 고민이 될 것이다. 따라서 알고리즘의 세계에 적합한 인간형은 관조나 달관에 기대는 인간이 아니라 적극적으로 달인을 추구하는 인간이라고 할 수 있다. 말하자면 「생활의 달인」 같은 시에 등장하는 인간형 말이다.("누구든 달인이라면, 지구에 살지 않아도 지구인이 될 수 있어야 해. 대뜸 왜 사냐구 물으면, 그건 달관이지 달인이 아니래두.") 어쩌면 그것이 지금의 지구를 가장 효과적으로 살아가는 인간형이지 않을까. 주어진 알고리즘대로 충실히 반복해서 살아가고, 주어진 역할에서 가장 능숙하게 처리해 낼 수 있는 달인들의 천국이 점점 지구를 장악해 갈 때, 우리에게 남는 것은 '전복(顚覆)'조차도 양식되는 삶(「175센티미터의 전복」)이거나 "한 귀부인이 내 동생 감귤을 빠끔히 바라보며 말했어. 어린지?"(「과일촌 오형제」)

같은 시답잖은 유머나 가능한 세계일 것이다. 아니면 "다들 밥은 먹고 살"지만 "길은 헛갈리는 게 아니라 계속 갈리고 있을 뿐"(「한 마당에서 뱅뱅」)인 세계. 헛갈릴 것도 그래서 잃어버릴 것도 없는 알고리즘의 세계에서 사실상 마모되는 일만 남은 삶에 대해선, 누군가 이미 멋진 말로 포장해 놓은 적이 있다. "모든 견고한 것은 대기 속에 녹아 버린다."(마르크스) 이 말을 좀 더 '달달하게' 변용하면 아래와 같이 되지 않을까.

영원한 달콤함은 없다. 우리 동네 제철소에서는 방학을 맞아 철 추파춥스를 할인 판매한다. 달콤이 달콤인 것은 아달달한 맛과 기분이 한순간 녹아 없어진다는 특성 때문이다. 순철 제품은 그 맛을 정련했다. 혓바닥이 1538도씨 이상 되지 않는 한, 당신의 사탕은 쉽게 사라지지 않는다. 혀로 굴려보라. 왕사탕 천 개분의 중량 덕에 입안 가득한 포만감도 느낄 수 있다.

(……)

대기 안에 있는 모든 것들은 결국

'아달달' 녹아 사라질 것이다. 그러니까 저마다 한 철, 막대에 꽂힌—

얼굴들은 모두

──「철 추파춥스」 부분

철이든 사탕이든 "대기 안에 있는 모든 것들은 결국 '아달달' 녹아 사라질 것"이며, 그 속에서 저마다 한 철을 살다 갈 뿐이다. 제아무리 정련되고 단련된 '철'조차도 막대에 꽂힌 사탕처럼 결국엔 녹아 없어지는 사태를 비껴갈 수 없듯이. 송기영의 시를 읽는 다섯 번째 키워드로 끼워 넣을 수 있는 저 '아달달'은 사실상 지구상의 모든 사물에게, 사람에게, 그리하여 우리 모두에게 예정된 알고리즘의 최후가 어떤 것인지를 허망하게 증명한다. 부수어져서든 녹아져서든 결국엔 사라지는 것. 예정된 결론이 그토록 허망하고 부질없다면, 거기까지 미리 다다른 시선 역시 더는 전진하지 못하고 회항할 수밖에 없을 것이다. 허망한 결론 이후는 아무도 볼 수 없고 보아도 말할 수 없으니, 남는 것은 시선을 돌리는 것. 그럼 어디로? 어디로 시선을 돌려서 다시 바라볼 것인가? 정해진 알고리즘대로 살아가는 삶의 현장을 이미 신물이 날 정도로 살폈다면, 그 시선이 향하는 곳은 자연스럽게 어떤 근원이 되는 지점일 것이다. 비록 알고리즘에 지배받는 형국일지라도 삶의 근원이자 존재의 뿌리에 해당하는 곳으로 시선은 다시 향한다. 이를테면 유년으로.

유년은 한때, 엄마였던 세계는 끝났다 (우리는 엄마가 낳은 무수히 많은 마르코들. 서울역 대합실에는 언제나 마르코가 차고 넘친다. 1막 1장, 마르코가 또 하나의 마르코에게 손을 흔든다. 헤어지자, 우리는 각기 다른 엄마를 찾고 있었던 거야. 마르코가 떠나고 또 다른 마르코가 2장에서 내린다. 무대는 둥글어서 마르코도 돌고, 엄마도 돈다. 돌고 돌다 3장. 엄마를 잊어버린 마르코가 있고, 선술집에서 싸움이나 일삼는 마르코도 있다. 그런데 마르코, 네 엄마도 너를 낳고 미역국을 드셨겠지? 하지만 우리는 엄마가 낳을 수밖에 없었던 얼굴들. 장이 바뀔 때마다 더러는 엄마가 된 마르코들이다. 다음 장이 열리면, 이 세상의 모든 엄마는 마르코를 버릴 엄마거나, 마르코의 엄마가 되려고 다짐한 마르코였음이 밝혀질 테지. 그런데 엄마가 정말 있기나 했던 것일까, 마르코? 분장실에서 엄마를 보고도 모른 척 지나가 버린, 마르코의 아빠이자 남편인 마르코가 속삭였다) 나직이.

—「엄마 찾아, 또 다음 장」 전문

그러나 유년은 한때이고, 이미 끝난 세계다. "엄마(가 전부)였던 세계"는 이미 끝난 것이다. 돌아가 봐야 되돌릴 수 없는 세계만 차고 넘칠 뿐이다. 이 글의 앞부분에서 밝힌 '기린'과도 일정 부분 내통하는 그 세계는 저마다 고유한 삶의 정체성을 이루는 곳이고, 그래서 기원에 해당하는 그곳을 찾아 헤매는 삶은 「엄마 찾아 삼만 리」의 주인공처럼 눈물겹고 감동적인 고투의 현장이어야 하지만, 문제는 그러한 삶이 너무 많다는 사실. 너무 많아서 흔해 빠진 비교의 대상밖에 되지 못한다는 사실. 엄마를 찾는 것처럼 어떤 근원을 찾는 내가 마르코라면, 너도 마르코이고, 네가 마르코라면 그 누구도 마르코이며, 따라서 이 세계는 거대한 마르코의 무대이자 전시장일 뿐이다. 세상이 온통 마르코로 차고 넘치니, 마르코가 그토록 찾아 헤매는 엄마의 자리 역시 영영 비어 있을 수밖에 없으며, 그것을 쫓아 시간을 역행시킨다 하더라도 결과는 마찬가지다. 기껏해야 침묵을 암시하는 장면 말고는 더 튀어나올 것이 없는 빈 공간(「12월 19일생」) 앞에서 우리는 자명한 결론 하나를 새삼 얻는다. "모든 현실은 꿈"(「실험실에서 보낸 한 철」)이라고. 어떻게 손을 뻗어도 결코 닿을 수 없는 근원을 손에 쥔 채 우리는 현실을 더듬고 있으며, 그 현실은 거의 알고리즘처럼 우리의 삶을 한정하지만, 그럼에도 전혀 실물감을 느낄 수 없기 때문이다.(왜냐하면 알고리즘의 주체도 비어 있기는 마찬가지니까.)

모든 현실이 실물감이 없는 꿈이라면, 모든 꿈은 다시 실물감을 가지는 현실이 될 수 있다. 어쩌면 모든 예술의 궁극적인 지향을 담고 있다고 할 수 있는 현실화된 꿈의 이미지는 송기영의 시에 이르러 묘하게 비틀린 방식으로 우리의 눈을 자극한다. 그것은 이미지가 되기를 거부하는 이미지, 앞서 밝힌 '필생의 이미지'를 삭제하는 방식으로 드러내는 이미지. 말하자면 "기린 없는 기린 그린 그림"으로 "기린 그린 그림"을 대체하는 이미지. 그러고 보면 송기영의 시는 문학의 오랜 전통이자 관습에 해당하는 몇몇 지점을 정면에서 건드리고 측면에서 자극하는 시라고 할 수 있다. 그의 시를 읽어 나가는 데 필요한 키워드 중 몇몇은 이미 그것을 증명하고 있다. 가령, 시에서 흔히 쓰이는 비유의 시선을 정면에서 거부하고 측면에서 동원한 것이 비교의 시선이었다. 덕분에 제3의 의미를 창출하는 비유 고유의 효과를 비워 놓는 특이한 수사가 발생할 수 있었다. 시적 대상에 대해 정서적인 공감을 불러일으키는 대신 수치화된 계량적인 접근을 시도하는 방식도, 언뜻 알레고리로만 읽힐 수 있는 시에 알고리즘의 세계관과 진술을 삽입하는 사례도 마찬가지 맥락에서 이해할 수 있다. 기존에 시가 되어 온 지점을 정면에서 바라보고 측면에서 교란하는 방식은 달리 말해 우리가 익히 알아 온 시적 장치의 옆구리에 현실적인 맥락을 끼워 넣고 뒤흔드는 방식이다. 송기영만의 엉뚱하면서도 이상한 시적 효과는 바로 그 지점에서 발생한다. 이처럼 기존의 시를 교묘하게 현실화 혹은 속화(俗化)하는 지점에서 절묘하게 육화(肉化)된 시를 획득하는 송기영의 작업이 앞으로 어떤 '기린 없는 기린 그린 그림'을 더 보여 주고 또 지워 나갈지는 알 수 없다. 아마도 송기영 시의 알고리즘만이 알고 있을 그 진화의 수순에서 한 가지 분명한 사실은, "물은 고인 데 또 고"이는 방식으로, "존재는 맺힌 데 맺"(「H」)히는 방식으로 세계를 되풀이하듯이, 그의 시 또한 관성보다 더 지독한 고집을 되풀이하면서 뻗어 갈 것이며, 그러한 고집을 아끼고 사랑해 마지않는 또 다른 눈들이 있을 거라는 사실이다. '기린 없는 기린 그린 그림'이 '기린 그린 그림'보다 더 실물감을 주는 꿈이 되기를 바라는 시선은 의외로 두텁고 많을 것이다.

송기영

1972년 서울에서 태어났다.
2008년 《세계의 문학》 신인상으로 등단했다.

.zip

1판 1쇄 펴냄 · 2013년 10월 25일
1판 3쇄 펴냄 · 2014년 12월 23일

지은이 · 송기영
발행인 · 박근섭, 박상준
펴낸곳 · (주)민음사

출판 등록 1966. 5. 19. 제16-490호
서울특별시 강남구 도산대로1길 62(신사동)
강남출판문화센터 5층 (우)135-887
대표전화 515-2000 / 팩시밀리 515-2007
www.minumsa.com